KB168313

절대고독

아 무 도   대 신 해   주 지   않 는   시 간

고도원

나의 인생,
아무도 대신 써줄 수 없는 나의 이야기

절대고독.
아무도 대신해 주지 않는 고독,
아무도 책임져 주지 않는 시간.
누구에게나 이런 절대고독의 순간이 있습니다.
특히 사람 앞에 서는 사람, 꿈의 길을 가는 사람들은
반드시 이 절대고독의 강을 건너가야 합니다.

저도 이 절대고독의 강을 무수히 건넜습니다.
지금도 이 절대고독의 강을 건너고 있습니다.

저는 평생 글을 써온 사람입니다.
나의 글, 아무도 대신 써줄 수 없습니다.
그런 점에서 글은 절대고독의 산물입니다.
절대고독의 강을 건너며 얻은 고통의 선물입니다.

인생은 한 편의 글입니다,
세상에 단 하나뿐인 나만의 이야기입니다.
아무도 대신 써줄 수 없고
아무도 대신 살아줄 수 없습니다.

"그가 그토록 사랑했던 이 광막한 고장에서 그는 혼자였다."
작가 알베르 카뮈의 단편소설 「손님」의 마지막 구절입니다.
그렇습니다.
결국 혼자서 가는 것입니다.

어느 날 문득 이 광막한 인생의 광야에
홀로 서 있는 자기 자신을 발견하더라도

너무 겁내지 마십시오.

우리가 기억해야 할 중요한 사실이 하나 있습니다.

그 지독한 외로움 때문에

더 열심히 글을 쓰고, 그림을 그리고,

노래를 부른다는 것을요.

더 열심히 땀을 흘리고,

더 열심히 살고, 더 열심히 사랑한다는 것을요.

절대고독은 내면의 고요를 빚어냅니다.

소란스러웠던 내면이 비워지고 번잡했던 생각들이 걷히며

정화된 지혜가 드러납니다.

그것을 우리는 영감이라 하고 직관이라고도 부릅니다.

비로소 내 안의 목소리가 제대로 들리고

길이 보이기 시작합니다.

그렇기에 때로는 일부러라도 고독한 시간을 만들어

나 자신에게 선물해 주어야 합니다.

절대고독의 강을 얼마나 잘 견디며
어떻게 잘 건너느냐에 따라 인생이 달라집니다.
내가 쓰는 글, 내가 하는 말, 나의 이야기도 달라집니다.

그 무수한 절대고독의 강을 건너며 얻은 깨달음이
저의 글로, 말로 제 안에서 피어났습니다.
그 글들을 아침편지 속에 담아내며
스스로 위로하고 치유할 수 있었습니다.

지금 이 순간,
자기만의 절대고독의 강을 건너고 있을 분들에게
이 책을 바칩니다.
책에 담긴 작은 글귀들이 때로는 벗이 되고,
때로는 스승이 되어,
고통이었던 절대고독의 강이
사랑과 기쁨의 강으로 바뀌기를 희망합니다.

용기 내어 기꺼이 그 강을 건너십시오.
기쁨으로 건너십시오.
강 건너편에 저와 여러분의 인생을
더 단단히 자라게 할 희망의 꽃이
아름답게 피어 있을 테니까요.

2017년 새해를 맞으며,
깊은산속옹달샘에서
고도원 드림

차례

◇
◇
◇
◇
◇

◇◇◇◇◇◇◇◇◇◇

1
고독이
필요한
시간

◇◇◇◇◇◇◇◇◇◇

마 침 내   나 를   만 나 다

일생을 살면서,
'절대고독'이 몰려오는 순간이 있습니다.
마침내 나를 만나는 시간이기도 합니다.
사람은 때때로 진정한 '자기 만남'의 시간이 필요합니다.
고독은 '자기 만남'을 가지라는 신호입니다.

홀로 설 때가 있습니다.
보이는 것은 오직 황량한 광야,
거센 바람과 모래 폭풍뿐입니다.
오로지 혼자 견디어야 할 시간입니다.
오롯이 나와 마주해야 할 순간입니다.
어찌해야 좋을까요.

자기의 길을 가려고 할 때

누구에게나 자기만의 시간, 자기만의 길이 있습니다.

그 길을 가기 위해서는

몇 가지 중요한 수칙이 필요합니다.

첫째, 절대고독의 강을 잘 건너라.

둘째, 징검다리가 안 보이면 기다려라.

셋째, 기다림을 즐겨라.

그리고 마지막으로 한 가지 더,

깊이 새겨야 할 것이 있습니다.

늘 안전한 길은 없다!

가장 멀고도 가장 빛나는 길

◇
◇
◇
◇

가장 멀고, 가장 빛나는 길은 내가 나를 찾아 떠나는 길입니다. 빛과 어둠은 내 마음속의 길에도 있습니다. 내 안의 빛이 어둠에 눌려 가려져 있다가 먼 길을 걷는 순간, 그 어둠을 뚫고 올라와 가장 눈부신 빛으로 나를 비춰줍니다. 그래서 그 먼 길을 또다시 용기내어 떠납니다.

얼굴 풍경부터 살펴라

내 마음의 빛을 보려면 얼굴 풍경부터 살펴보아야 합니다. 얼굴 풍경에 그 사람의 모든 것이 담겨 있습니다. 오늘 형편은 어떤지, 내일을 어떤 모습으로 살아갈지가 한눈에 드러납니다. 그 사람의 얼굴 풍경이 곧 그의 인생 풍경입니다. 전적으로 자신의 몫이며, 어느 누구도 대신해서 그 풍경을 바꿀 수 없습니다.

'싸늘한 고요함'을 반겨라

나의 길을 가다 보면 황량한 사막에 홀로 서 있을 때가 있습니다. '싸늘한 고요함'을 각오해야 합니다. 자기 성찰의 시간입니다. 냉철한 자기 관찰이 필요한 시간입니다. 나와의 싸움이 시작되는 깊은 기도의 시간입니다. 그 싸늘하고 고요한 시간을 통해 비로소 내면의 눈이 열립니다.

결국은 에너지 싸움

결국은 에너지 싸움입니다. 절대고독의 광야에서는 엄청난
내적 에너지가 필요합니다. 그렇지 않으면 어느 순간 해일처
럼 밀려드는 저주파를 견디지 못하고 그 자리에 주저앉게 됩
니다. 내면도 외면도 송두리째 무너집니다.

중심을 잡아라

중심을 잃으면 흔들립니다. 거센 모래 폭풍에 훅 날아갑니다. 무게 중심을 아래로 이동시켜야 합니다. 머리에서 가슴으로, 가슴에서 배로, 배에서 두 발로 이동시켜야 합니다. 특히 사람 앞에 서는 사람에게는 중심 잡는 것이 요구됩니다. 앞에 선 사람이 중심을 잘 잡아야 뒷사람도 흔들리지 않습니다.

나는 누구인가

◇
◇
◇
◇

나는 누구인가. 이따금 직면하는 자기 점검의 물음입니다. 어제의 나와 오늘의 나, 어떻게 달라져 있는가. 어제와 오늘의 나를 스스로 어떻게 생각하고 바라보느냐가 내일의 나를 결정하고 미래를 지배합니다. 가치 있는 인생은 오늘 내가 무엇을 갖고 있느냐가 아니라 오늘 내가 어떤 가치 있는 일을 하느냐에 달려 있습니다.

누구도 대신 써줄 수 없다

우리 모두는 자기 삶의 작가입니다. 작가는 홀로 맞서야 합니다. 어느 누구도 대신해서 글을 써줄 수 없습니다. 그 누군가가 대신해서 삶을 살아줄 수도 없습니다. 세상 사람과 더불어 함께 살지만 홀로 맞서 절대고독의 높은 돌담벽을 넘어서야 괜찮은 작가가 될 수 있습니다.

고독하니까 사람이다

◇
◇
◇
◇

고독하니까 사람입니다. 살아 있으니까 고독의 아픔도 느낍니다. 그러나 그 고독의 아픔이 시가 되고 그림이 되고 노래가 됩니다. 사랑도 고독의 아픔을 먹고 자랍니다. 더 깊어집니다.

무 르 익 을   때 까 지

숲속 밤톨 하나도
무르익을 때까지 충분히 기다릴 줄 압니다.
빵을 하나 구우려 해도
오븐 앞에서 기다리는 시간이 필요합니다.
"배고파 죽겠으니 빨리 익으라"고 소리쳐도 소용없습니다.
조용히 침묵하고 기다릴 줄 알아야 합니다.
말을 삼키고 인내하며 기다리는 시간,
그 사이에 빵도 구워집니다.

잠

못

이

루

는

밤

누구에게나
지독한 불면의 밤이 있습니다.
혼자 남은 듯한 고독감과
칼 끝을 홀로 걷는 듯한
처절함이 온몸을 휘감습니다.

그러나 길은 있습니다.
깊은 호흡을 하며 '새벽'을 기다리는 것입니다.
길고, 깊고, 고요한 호흡. 그 호흡을 반복하노라면
마침내 잠이 다가오는 순간이 있습니다.
잠을 자려고 쫓아가지 말고
잠이 다가올 때까지 기다리십시오.
깊은 호흡을 하면서.

마음의 풍랑을 이겨낸 사람

◇
◇
◇
◇

마음도 출렁이는 물결과 같습니다. 잠잠하다가도 거친 격랑에 흔들립니다. 그때그때 방향을 잡지 못하면 풍랑따라 표류하거나 좌초하고 맙니다. 내 마음의 풍랑을 잘 이겨낸 사람이 좋은 항해자입니다.

한 걸음 나아가려면

◇
◇
◇
◇

우리를 가로막는 것은 앞에 있는 장애물이 아니라 이미 지나간 과거의 문인 경우가 많습니다. 이미 끝난 사랑, 절망, 상처, 눈물. 밤새 뒤척이며 한숨 짓게 만듭니다. 이것들을 족쇄처럼 너무 오래 발목에 차고 있으면, 앞으로 한 걸음 나아가기가 정말 어려워집니다. 지나간 것들은 이미 지나간 시간의 강물에 흘려보내고 문을 다시 열어야 합니다.

비 록   지 금 은   아 파 도

의사는 아이가 울어도 주사바늘을 꽂습니다.

환자가 비명을 질러도 몸 깊숙한 곳에 칼을 댑니다.

살을 에는 고통 너머 치유의 기쁨을 내다보기 때문입니다.

지금의 고통과 슬픔, 어리석어 보이는 조각들,

그 모두가 내 인생을 풍요롭게 하는 재료입니다.

인생을 풀어가는 데 꼭 필요한 퍼즐입니다.

혼자 있는 법을 배워라

외로운 시간.

홀로 있는 시간.

피할 수 없는 힘든 시간입니다.

그러나 '좋은 선물'을 받는 값진 시간이기도 합니다.

고요, 평화, 침묵, 성찰, 자신감, 창조적 영감은

혼자 있는 시간에만 찾아오는 귀빈들입니다.

혼자 있는 시간, 외로운 시간을 만들어 즐기십시오.

내면 깊숙이 잠들어 있던 자신감이 눈을 뜰 것입니다.

고갈된 마음의 우물을 채우고

하마터면 놓칠 뻔했던

창조의 샘물을 퍼올릴 수 있는

값진 시간입니다.

'혼자 노는 법'

'혼자 노는 법'은 '혼자 있는 법'과 통합니다. 모든 예술과 창조적 작업은 혼자 노는 법에서 완성됩니다. 글쓰기, 그림 그리기, 음악 듣기, 천천히 걷기…… 혼자 시간을 보낼 수 있는 좋은 방법들입니다. 어떻게 혼자 시간을 보내느냐에 따라 그 사람의 격과 수준, 그 사람의 삶의 방식이 결정됩니다.

'나 혼자만의 공간'을 만들어라

◇
◇
◇
◇

'나 혼자만의 공간'. 그런 공간이 저에게도 있습니다. 아무도 대신해 줄 수 없는 절대고독의 순간, 내가 나를 위로하고 격려하며, 명상과 기도로 힘을 얻는 성소(聖所)와도 같은 저만의 공간. 시간을 내려놓고, 생각도 내려놓고, 꿈도 내려놓고…… 홀로 들어가 눈을 감습니다.

침묵 속에 걷는다

홀로 걷고 싶을 때가 있습니다. 동반자도, 대화도 필요하지 않습니다. 혼자서 외로이 조용한 시간을 가지게 되면 나와 내 주변의 모습이 다시 보입니다. 사무치는 외로움이 때로는 깊은 깨달음과 새로운 발견을 안겨줍니다.

혼자는 혼자여서 좋다

혼자만의 공간이 필요하지만 여럿이 어울리는 시간도 필요합니다. 여럿일 때는 파트너십, 팔로십, 서번트십이 있어야 하고, 혼자일 때는 명상과 자기 성찰, 마음공부가 뒤따라야 합니다. 그러면 여럿은 여럿이어서 좋고 혼자는 혼자여서 좋습니다.

내

인

생

내

가

산

다

나는 내 인생의 주인인가, 손님인가?

주인공인가, 구경꾼인가?

답은 분명합니다.

구경꾼이 아닙니다.

내 인생은 내가 주인입니다.

내 인생 내가 삽니다.

어느 한순간도 남이 대신 살아주지 못합니다.

내가 먼저 행복하게 살아야 남도 살릴 수 있습니다.

오직 자기 할 나름이다

◇
◇
◇
◇

우리 모두는 황무지를 일구는 개척자입니다. 처음부터 할당받은 면적이 따로 없습니다. 자신의 그릇에 따라, 꿈의 크기에 따라 스스로 말뚝을 박고 개척해 나갈 뿐입니다.

하루아침에 그 넓은 황무지가 옥토로 바뀌지는 않습니다. 순서가 있고, 단계가 있습니다. 그 순서와 단계의 밑그림은 자신이 그리는 것입니다. 오직 자기 할 나름입니다.

꽃이 피어난다!

아무리 겨울이 길어도 봄은 옵니다. 꽃샘추위가 아무리 기승을 부려도 꽃은 피어납니다. 어김없이 봄은 오고, 어김없이 꽃이 핀다는 사실이 신비롭습니다. 인생의 겨울이 긴 사람일수록 그 신비로움이 더 큰 희망으로 다가옵니다. 봄은 오고 꽃들은 다시 피어납니다.

무엇으로 생명을 채우는가?

무엇으로 생명을 채우는가?

이 물음은 이렇게 바꿀 수도 있습니다.

당신은 무엇으로 시간을 채우는가?

꿈과 희망, 사랑과 감사, 자족과 긍정······

이런 '생명의 효소'들로

당신의 시간, 당신의 가슴을 채우고 있나요?

◇◇◇◇◇◇◇◇◇◇

2

삶의 분수령,
선택의
순간

◇◇◇◇◇◇◇◇◇◇

선 택 의 문 을 열 고 닫 아 라

선택은 문과 같습니다.
열든 닫든 선택해야 합니다.
문을 거쳐야 들고 날 수 있습니다.
열어야 할 때는 얼른 열어야 하고
닫아야 할 때는 얼른 닫아야 합니다.
'신중함'이 지나쳐 문을 여닫는 시간을 놓치면
안과 밖, 성공과 실패의 경험을 모두 놓치고 맙니다.

인생은 여러 길입니다.

선택은 결국 오롯이 내가 감당해야 하는

고독한 순간입니다.

선택을 한 다음에 어떻게 하느냐가 더욱 중요합니다.

일단 선택했으면 '내가 가는 길'에 믿음을 가져야 합니다.

그 믿음이 확고해야 상황이 바뀌어도

흔들림 없이, 의심 없이, 꿋꿋하게 걸어갈 수 있습니다.

다음 선택도 더 좋아집니다.

때를

놓치지

말라

개인에게도 삶의 분수령이 있고
민족과 국가에도 역사적 분수령이 있습니다.
천국이냐 지옥이냐, 흥하느냐 망하느냐,
솟구치느냐 추락하느냐의 갈림길입니다.
머물러야 할 시간에 떠나버리거나,
떠나야 할 시간에 미적거리면
시간을 놓치고 미래마저 잃어버리게 됩니다.

때에 이르렀을 때 어정쩡한 태도를 버리고
진실과 순리를 선택하는 것이
올바른 분수령입니다.

앞으로 나아갈 때와 뒤로 물러설 때

　인생은 검도와 같습니다. 한 걸음 앞으로 나아가고 한 걸음 뒤로 물러서면서 조금씩 전진해 갑니다. '때'가 중요합니다. 앞으로 나아갈 때와 뒤로 물러나야 할 때를 모르거나 놓치면 인생 검도에서 늘 패배하게 됩니다. 때로는 단 한 걸음에 모든 승패가 걸려 있습니다.

정확한 곳에 힘을 쏟아부어라

정말, 쓸데없는 곳에 시간과 정력을 낭비하는 일이 허다합니다. 남의 탓, 조건 탓, 상황 탓할 필요 없습니다. 자기 몸의 근육을 다른 사람이 대신해서 만들 수 없듯이, 에너지도 스스로 만들고 스스로 채워야 합니다. 그리고 집중이 필요한 정확한 곳에 혼신의 힘을 쏟아부어야 합니다.

코앞에 있을 때, 눈앞에 있을 때

바보처럼 살 때가 있습니다. 건강할 때 건강을 지키지 못하고, 곁에 있을 때 사랑하지 못하고, 놓치고 잃어버린 다음에 찾기 시작합니다. 사랑하는 사람이 영영 떠나버린 다음에야 그의 얼굴이 보이고 그의 목소리가 들리기 시작합니다. 좋을 때 좋은 줄 모르면 평생 바보가 됩니다. 코앞에 있을 때, 눈앞에 있을 때 더 깊이 보고 듣고 느끼십시오.

놓아버려라

◇
◇
◇
◇

　역도 선수가 보여주는 삶의 지혜가 있습니다. 들어 올린 역기가 무거우면 얼른 놓아야 합니다. 얼른 놓지 않으면 몸을 다치게 됩니다. 더러는 선수 생명마저 잃게 됩니다. 무거운 짐을 줄이거나 놓아버리는 것이 사는 길입니다.

뱃머리가 어디로 향하고 있는가

뱃머리를 보면

그 배가 어디로 가고 있는지 알 수 있습니다.

방향이 결정되어야

목표한 지점에 도달할 수 있습니다.

지금, 당신의 뱃머리는 어디를 향하고 있습니까?

내 마음의 지도

◇
◇
◇
◇
◇

　지도가 잘못되면 길을 잃고 헤매게 됩니다. 엉뚱한 방향
으로 잘못 가게 됩니다. 지도가 정확해야 안심하고 길을 나
설 수 있습니다. 내 마음의 지도가 내 인생을 이끌어갑니다.
긍정의 지도는 긍정의 현실을, 부정의 지도는 부정의 인생을
만듭니다.

멋진 춤을 추어라

당신의 춤은 당신이 만들고 창조합니다. 당신이 바로 안무가입니다. 힘들게 걸어온 당신의 모든 고통과 슬픔의 동작들이 모두 춤이 됩니다. 고통과 슬픔을 희망과 기쁨으로 승화시킬 때 더 멋진 춤이 탄생합니다.

토스카니니가 악보를 외운 이유

세계적인 지휘자 토스카니니, 그는 아무리 복잡하고 긴 악보도 한두 번 만에 모조리 외웠다고 합니다. 그가 다른 연주자처럼 눈이 좋았다면 처음부터 악보를 외울 필요가 없었을 겁니다. 지독한 근시였기 때문에 악보를 외워야만 했고 그것이 어느 날 그를 전설적인 지휘자로 만들었습니다. 치명적인 약점이 오히려 기회가 되기도 합니다.

사는 맛, 죽을 맛

◇
◇
◇
◇

똑같은 처지에서도 어떤 사람은 사는 맛을, 어떤 사람은 죽을 맛을 느낍니다. 내일 일은 아무도 모릅니다. 모르지만, 좋은 일이 있을 것이라는 믿음과 희망을 품고 가는 사람과, 걱정과 불안감을 품고 가는 사람의 항로는 하늘과 땅만큼 다릅니다.

꾸 준 함 이   가 장   좋 다

어느 한순간
반짝 빛나기는 쉽습니다.
그러나 꾸준히 오래 빛나기는 어렵습니다.
처음부터 끝까지 빛나기는 더 어렵습니다.
그래서 변함없이. 흔들림 없이
꾸준히 빛나는 사람이 소중한 것입니다.
꾸준함이 가장 좋습니다.

마음의 감옥에서 걸어 나오라

우리는 때때로

스스로 감옥을 만들어 그 안에 스스로 갇힙니다.

그러고는 끝내 자유를 얻지 못합니다.

자유는 밖에서 주어지는 것이 아니라 스스로 얻는 것입니다.

스스로 찾아 얻은 자유가 차고 넘칠 때

새로운 도전도 가능합니다.

진정한 삶의 기쁨도 얻을 수 있습니다.

내가 만든 자유를 찾으세요!

감옥 문을 활짝 열고 이제 나오세요!

한 걸음 물러서서 보아라

◇
◇
◇
◇
◇

가까이서 보아야 자세히 볼 수 있습니다. 그러나 전체를 보려면 뒤로 좀 물러서야 합니다. 그래야 크게 볼 수 있고, 가까이서 본 것의 실체도 제대로 알게 됩니다. 이따금 한 걸음 물러서는 것이 필요합니다.

왜 물을 엎질렀나

◇
◇
◇
◇
◇

일을 하다 보면 이따금 물을 엎지를 수 있습니다. 일하고 있다는 증거이기도 합니다. 일하지 않으면 엎지를 물도 없을 테니까요. 엎지른 것은 엎지른 것입니다. 다시 쓸어 담을 수 없습니다. '비싼 수업료 냈다' 생각하고 깨끗이 잊어버리십시오.

'상실의 경험'에서 지혜를 찾으라

◇
◇
◇
◇

상실, 가장 아픈 경험입니다. 그러나 바로 그때가 중대한 갈림길입니다. 나락으로 떨어지느냐, 더 높이 치솟느냐의 기로입니다. 당장은 너무 아프지만, 잃은 것보다 더 좋은 것을 주기 위한 통로로 받아들이는 사람에게, 상실은 더 나은 꿈과 지혜를 안겨줍니다.

내 안의 잣대로 보지 마라

충고에도 분별이 필요합니다. 자기의 잣대로 상대를 판단하는 일이 없도록 조심해야 합니다. 행여라도 자기만의 색안경으로 세상을 바라보고 있지는 않은지 점검해야 합니다. 다른 사람을 평가하려 할 때는, 자기 자신을 먼저 돌아봐야 합니다. 나는 나인 채로 살아가듯이 그도 그인 채로 살도록 도와줘야 합니다.

비어 있어야 쓸모가 있다

"서른 개의 바퀴살이 모여 있어도 바퀴통이 비어 있어야 수레로서 쓸모가 있다." 노자의 『도덕경』에 나오는 글입니다. 대부분의 사람이 비우는 것을 두려워합니다. 잃은 것 같고 놓치는 것 같고 없어지는 것 같습니다.

많이 비워져 있는 그릇이 큰 그릇입니다. 많이 비워져 있는 사람이 큰 사람입니다. 비운 만큼 채울 수 있고 많이 나눌 수 있습니다.

어떻게 사용하는지가 중요하다

아무리 넉넉해도 늘 가난하게 살아가는 사람이 있습니다. 아무리 가난해도 '부자'로 사는 사람이 있습니다. 혼자 움켜쥐면 아무리 많아도 가난하고, 함께 나누면 아무리 작아도 늘 부자입니다.

쌓아두기만 하는 게 아니라, 사용할 때 비로소 진정한 내 것이 됩니다. 누구를 위해 어떻게 사용하는지가 중요합니다. '나'를 위해 사용하면 열매가 되지만 '남'을 위해 사용하면 씨앗이 됩니다.

쉽게 얻은 기쁨은 빨리 사라진다

너무 쉽게 얻으려는 것이 늘 문제입니다.

쉽게 얻은 것을 행운이라 말하지만 아닙니다.

오히려 그것이 불행과 실패의 씨앗이 될 수 있습니다.

어렵게 얻은 것을 고생이라 말하지만

절대 아닙니다.

더 큰 행복과 기쁨을 오랫동안 안겨줄 수 있습니다.

쉽게 얻은 것은 빨리 사라집니다.

◇◇◇◇◇◇◇◇◇◇

3
멈추어
돌아보라

◇◇◇◇◇◇◇◇◇◇

쉬 는 것 도 용 기 다

'절대고독'은 이제 좀 쉬라는 신호이기도 합니다.
쉬는 것도 용기입니다.
다짐하고 결심해야 가능합니다.
내가 쉬면 모든 것이 멈출 것 같은 불안감,
일에 매달려야만 살아 있는 듯한 강박감,
그런 습관과 생각에 오래 갇혀 있으면
끝내 쉬는 용기를 내지 못합니다.
'쉬는 용기'와 '사는 용기'는 서로 통합니다.

어떻게 쉬느냐……

잠깐 멈추는 것입니다.

모든 휴식은 멈추는 것에서 시작됩니다.

그리고 한 마리 새가 되어 자연으로 돌아가는 것입니다.

때때로 숲으로 들어가 나무와 풀과 꽃과 더불어

물장구치듯 몸과 마음을 말끔히 씻어내는 것,

그것이 진정 좋은 휴식의 방법입니다.

'어떻게 쉬느냐'에 대한 답입니다.

하루 한 번 무조건 편안한 시간을

무조건 편안한 시간이 필요합니다.

모든 걸 내려놓고 어린아이처럼 편안한 시간.

걱정도 미움도 상처도 내려놓는 가벼운 시간.

서로 사랑하고 사랑받는 따뜻한 시간.

내일을 꿈꾸며 가슴 뛰는 시간.

하루 한 번쯤 그런 시간이 꼭 있어야 합니다.

그래야 철따라 달라지는 향기를 맡을 수 있습니다.

마음의 숨구멍을 열어줘라

배터리 방전! 여러 형태로 신호가 옵니다. 더 위험해지기 전에 충전하십시오. 그 첫걸음은 호흡입니다. 몸에 호흡이 필요하듯 마음도 숨구멍을 열어 숨쉬기를 해줘야 합니다. 기도, 명상, 여행, 산책, 독서, 사랑…… 마음에 숨구멍을 내는 일들입니다. 그것이 사는 길입니다.

인생의 사막을 건널 때

◇
◇
◇
◇

공기를 빼는 것이 사막 여행의 지혜입니다. 사막 여행의 지혜일 뿐만이 아니라 삶의 지혜이기도 합니다. 공기가 꽉 채워진 빵빵한 타이어로 계속 달리면 어느 순간 뻥 터집니다. 터지기 전에 잠깐 멈춰 공기를 빼야 인생의 사막길을 끝까지 잘 건널 수 있습니다.

'일하는 걸음'과 '쉬는 걸음'

'일하는 걸음'과 '쉬는 걸음'이 있습니다. '일하는 걸음'은 목표, 방향, 시간을 정해놓고 걷지만 '쉬는 걸음'은 그 모든 것을 내려놓고 천천히 터벅터벅 걷는 것입니다. 자유의 시간, 또다른 해방 공간입니다.

"걷는 것은 자신을 세계로 열어놓는 것이다." 걷는 행위 하나에도 깊은 세계가 존재합니다. 서두르지 말고 시간을 즐기며 자주 걸으십시오. 한두 정거장쯤은 걸어가는 것도 좋습니다. 걷는 순간에도 행복을 건져 올릴 수 있습니다.

슬럼프의 늪

누구에게나 슬럼프는 찾아옵니다. 어느 순간 자기도 모르게 찾아와 지독히도 아프게 합니다. 하지만 억지로 피하려 하면 도리어 슬럼프의 늪에 더 깊이 빠지고 맙니다. 슬럼프를 한때의 친구쯤으로 여기는 것이 좋습니다. 어깨의 힘을 빼고 슬럼프를 벗삼아 지내다 보면, 어느덧 그 슬럼프가 새로운 도약의 발판이 되어 있음을 발견하게 됩니다.

'5분'만 생각해도

◇
◇
◇
◇
◇

5분만 생각해도 마음이 편안해지는 곳이 있습니다. 5분만 생각해도 따뜻해지는 사람이 있습니다. 5분만 떠올려도 미소가 피어나는 추억이 있습니다. 단지 5분일 뿐인데, 그날 하루가 행복해집니다. 그 하나하나의 점들이 이어져 하루가 즐겁고 인생이 살 만해집니다. 훈훈한 기운이 내 안에 차고 넘칩니다.

지혜는 고요할 때 나온다

지혜는 머리가 아니라 마음에서 나옵니다.
고요하고 평화로운 마음에서 나옵니다.
마음이 엉켜 있고 복잡하면 안 나옵니다.
돌처럼·웅덩이처럼 고여 있어도 안 나옵니다.
좋은 마음, 좋은 관계, 좋은 소통 속에
고요하게 잘 흘러야 올바른 지혜가
퐁퐁퐁 솟아나옵니다.

고요함도 훈련이 필요합니다.
그래야 고요한 시간이 길어지고 깊어집니다.
'절대고독'은 지혜를 선물하는 시간입니다.
고요한 시간을 즐기십시오.

어수선한 때일수록 천천히 걸어라

어수선한 때일수록 천천히 걸어야 합니다. 덩달아 왕왕대면 안 됩니다. 그럴수록 차근차근 생각을 가다듬으며 더욱 차분하고 냉철하게 대처해 가야 합니다. 툭툭 끊기는 것들에 맥없이 끌려다니면 자기 인생도 툭툭 끊기게 됩니다. 차근차근 천천히 걸으세요. 그게 빠른 길입니다.

마음의 평화

마음의 평화. 마음공부의 최고 단계입니다. 그만큼 깊은 명상과 오랜 연습이 필요합니다. 바깥 조건에 따라 내 일상이 흔들리고 출렁이면 진정한 의미의 평화를 얻었다 할 수 없습니다. 내 마음 안에 '내면의 평화'가 넘쳐야 내가 머문 세상도 평화로워집니다.

고요해야 들린다

◇
◇
◇
◇

때때로 침묵이 필요합니다. 침묵하는 법만 알아도 깨달음의 절반은 이룬 셈입니다. 침묵해야 고요해지고, 고요해야 들립니다. 타인의 소리, 하늘의 소리가 들립니다.

혀를 다스리는 것

◇
◇
◇
◇

혀는 불과 같습니다. 잘 쓰면 더할 수 없이 요긴하지만 잘
못 다루면 모든 것을 태워버립니다. 혀는 칼과 같습니다. 잘
쓰면 사람을 살리지만 잘못 다루면 사람을 죽입니다. 혀를 다
스리는 첫 단계가 침묵입니다. 제대로 침묵하는 순간부터 혀
는 슬기로워집니다.

단 2분만 멈춰보라

◇
◇
◇
◇

2분. 잠깐멈춤의 시간입니다. 짧은 시간 같지만 2분이면 충분합니다. 마음의 전환이 필요할 때마다 단 2분. 잠깐 멈추면 온 우주도 함께 멈춥니다.

마음의 창 닦기

안전 운전을 하려면 자동차 앞 유리부터 잘 닦아야 합니다. 현명한 생각과 판단을 하려면 마음의 창부터 잘 닦아내야 합니다. 그래야 잘 보이고 잘 들립니다.

사랑하면 열린다

◇
◇
◇
◇

단순하면 쉬워지고 쉬워지면 열립니다. 사람 사이도 단순해야 깊어집니다. 많이 열수록 더 단순해집니다. 사랑하면 열립니다.

거울을 보며

제 책상에도 거울이 하나 있습니다. 때때로 그 거울을 보면서 얼굴과 표정을 살핍니다. 얼굴을 보면 마음의 표정도 함께 보입니다. 얼굴을 다스리는 것이 마음을 다스리는 것이고, 마음을 다스리면 표정도 바뀝니다. 인생이 바뀝니다.

잠 에 서   깨 어 나 라

잠에서 깨어나야
그날 하루를 살 수 있습니다.
무지에서 깨어나야 지혜롭게 살 수 있습니다.
어제보다 더 사려 깊은 사람으로,
더 유익한 존재로 성장할 수 있습니다.
그 '깨어나는' 경험을 소중한 사람들과
함께 체험하고 함께 공유하는 기회를 갖는 것이야말로
진정 '살아 있는' 공부입니다.

조화로울 때 비로소 행복이 깃든다

밤과 낮이 교차하듯이,
들숨과 날숨의 호흡이 교차하듯이,
인생은 비움과 채움, 드러냄과 감춤,
은둔과 노출의 반복입니다.
시계추처럼 양쪽을 왔다 갔다 하면서
자라고 익고 치유됩니다.
어느 한쪽이 부족하거나 깨지면
몸도 마음도 함께 깨집니다.
선순환 구조 속에 조화를 이루어야 합니다.

넘쳐나서 감사하는 것이 아니다

감사! 다 가졌기 때문이 아닙니다. 다 이루었기 때문이 아닙니다. 아직도 모자라고 이루고자 하는 것이 많지만 지금 내 앞에 있는 것에 감사하며 사는 것입니다. 내가 하는 일, 내가 먹는 밥, 내가 얻은 사랑에 감사하면 더 큰 감사가 저절로 따라 옵니다.

그 무기를 내가 들 수 있는가?

들 수 없는 무기는 오히려 무거운 짐이 되고 맙니다. 자기 손 안에서 자유자재로 묘기를 부려야 진정한 무기의 역할을 다 할 수 있습니다. 일도, 사람도, 감투도 그와 같습니다. 작은 머리에 큰 모자를 씌우면 앞을 볼 수 없습니다.

여행은 '패션쇼'가 아니다

여행을 떠날 때는 언제나 짐 싸는 것이 문제입니다. 여행 중에 마치 '패션쇼'라도 할 것처럼 짐을 꾸리면, 여행 마지막 날까지 고생하게 됩니다. 인생의 여행길에서도 마찬가지입니다. 비워야 할 때 비우지 못하고, 내려놓아야 할 때 내려놓지 못하면 짐만 자꾸 무거워집니다.

'영감'을 얻을 때

'제로(0)'는 무(無)의 상태를 뜻합니다. 100퍼센트 비워낸 '빈 잔'의 모습이기도 하고 100퍼센트 내려놓은 '빈 손'의 모습이기도 합니다. 그러나 놀라운 것은 바로 그 제로의 순간이 새로운 창조의 시작점이라는 사실입니다. 그때 받는 하늘의 선물이 '영감'입니다.

기 도 는   언 제   하 는 가

기도는 여유가 있기 때문에 하는 것이 아닙니다.
여유가 없기 때문에 기도하고,
기도하니까 여유가 생기는 것입니다.
사원 앞에서 오체투지를 하는
티베트 사람들의 모습은 경외롭기까지 합니다.
티베트 삶의 환경은 척박하고 고달픕니다.
그러나 그렇기 때문에 더욱더 기도가 깊어지고,
더불어 영혼의 우물도 깊어집니다.
영혼의 우물이 깊어지니 늘 여유롭습니다.

4

항상
같은 곳에
머물러 있다면

밖을 보아야 안도 보인다

물도 한곳에 고여 있으면 탁해집니다.
쇳덩이도 쓰지 않으면 붉은 녹이 슬고 맙니다.
자기 울타리 안에 갇혀
좁은 생각에 머물러 있으면 성장할 수 없습니다.
낯선 도시를 찾아 가는 것을 두려워 말고
더 넓은 세상으로 나아가야 합니다.
새로운 경험과 감각과 꿈을 키워가야 합니다.

내 눈앞에 보이는 것은
정말 빙산의 일각에 불과합니다.
그런데도 많은 경우 빙산의 본체를 보지 못하고
자기 안에 머물러 있기 쉽습니다.
세상은 넓습니다.
때때로 내 울타리에서 성큼 벗어나
'나의 바깥'으로 나가야 합니다.
밖을 보아야 안도 보입니다.

새

지

도

를

만

든

다

길을 잘못 들었다고 낙심할 것 없습니다.

나 있지 않은 길을 간다고 두려워할 것 없습니다.

절벽도 만나고 돌밭도 걷지만

그 고통과 수고 덕분에 없던 길이 생겨나고

새로운 지도가 만들어집니다.

배움에도 때가 있다

◊
◊
◊
◊
◊

배움에도 때가 있습니다. 시간도 필요하고 비용도 필요합니다. 적절한 때를 놓치거나 건너뛰면 훗날 더 많은 시간과 비용을 지불하게 됩니다. 자기 인생의 가치를 높이는 의미있는 배움이라면 시간과 비용 그 이상의 투자가 필요합니다. 적절한 때, 아낌없이 투자하십시오.

씨줄과 날줄을 촘촘하게

◇
◇
◇
◇

나도 알고 남도 잘 알아야 합니다. 내 안의 '나'도 잘 알아야 하지만 내 바깥의 '세상'도 더 잘 알아야 합니다. 세상을 보는 공부, 시대를 읽는 공부를 함께 해야 하는 이유입니다. 그래야 인생의 씨줄과 날줄이 촘촘해집니다.

깨지는 것을 두려워 마라

설거지를 하다 보면
더러 그릇을 깨게 됩니다.
그릇 깨는 것이 두려워 설거지를 포기한다면
그는 끝내 빛을 발할 수 없습니다.
안전한 길을 가고 싶다는 이유로
빛의 자리를 포기하고
어둠의 자리로 움츠러드는 것을 경계해야 합니다.
깨지고 상처받고 몸부림쳐도
다시 설거지를 시작해야 자신의
재능이 빛을 낼 수 있습니다.

두려움을 용기로 바꿔라

◇
◇
◇
◇
◇

두려움은 뱀의 독과 같습니다. 삽시간에 온몸에 퍼져버립니다. 초기에 잡지 못하면 우리를 공포로, 절망으로, 죽음으로 몰고 갑니다. 두려움의 에너지를 용기의 에너지로 바꾸는 지혜가 필요합니다. 에너지를 이동시키는 것입니다. 두려움에서 용기로.

두려움에 직면하는 순간, 두려워 하지 않는 것이 용기가 아닙니다. 진정한 용기는 두려울 때 두려워할 줄 아는 것이며, 그 경험을 통해 자신이 감당해 낼 수 있는 두려움의 폭을 넓혀 나가는 것입니다. 용기는 두려움과 함께 다가옵니다.

다 시   일 어 나 라

톨스토이는

"선한 노력은 반복될 때만 착하다.

넘어지면 다시 일어나라"라고 말했습니다.

'다시 일어나라'는 말은

'다시 시작하라'는 말과 같습니다.

계속해서 '반복하라'는 뜻과도 통합니다.

넘어지거든 주저앉지 말고

벌떡 일어나십시오.

다시 시작하세요.

길

끝에

희

망

이

있

다

한 걸음만 더 갔더라면 만날 수 있는 것이
마지막 한 걸음 앞에서 돌아서는 바람에
물거품처럼 덧없이 무산되는 경우가 허다합니다.
좋은 인연, 좋은 성취는
언제나 길 끝에 있습니다.
잠깐 부는 비바람과 어두운 터널을
견디지 못하고 돌아서버리면,
성취도 희망도 날아갑니다.
좋은 사람도 만날 수 없습니다

히말라야에 오르는 이유

◇
◇
◇
◇

히말라야 등정, 아무나 할 수 있는 일은 아닙니다. 엄청난 도전정신이 필요합니다. 매순간 목숨을 걸어야 합니다. 그러나 그렇게 해서 정상에 올랐기 때문에 만난 사람들이 있습니다. 목숨 걸고 오르지 않았더라면 결코 만나지 못했을 소중한 인연들입니다. 희망도 그와 같습니다. 목숨이 달린 역경의 계곡에서, 죽음과도 같은 절망의 골짜기에서 만나는 것이 희망입니다.

인생의 크레바스를 건너라

◇
◇
◇
◇
◇

'크레바스'는 빙하가 갈라진 깊은 틈을 일컫습니다. 천 길 낭떠러지로 매우 위험한 곳입니다. 그럼에도 불구하고 모험가, 탐험가, 과학자는 눈 쌓인 빙하 위를 거침없이 걷고 또 걷습니다. 크레바스를 두려워하지 않습니다.

한 그루의 나무가 '푸른 기적'을 일으킨다

꿈과 희망.

색깔로 치면 어떤 색일까요?

아마도 나무처럼 푸른색이 아닐까 싶습니다.

그 어떤 황량한 곳에서도 꿈과 희망을 잃지 않으면

푸르게 빛날 수 있습니다.

한 그루의 푸른 나무가

사막 전체를 푸르게 할 수 있습니다.

'푸른 기적'을 일으킵니다.

◇◇◇◇◇◇◇◇◇

5
그 자리에서
다시
일어서라

◇◇◇◇◇◇◇◇◇

"고층 빌딩 아래를 내려다보지 말라"

고층 빌딩 유리창을 닦는 사람,

특히 초보자는

절대 아래를 내려다보지 않는다고 합니다.

고공에서 아래를 내려다보는 순간

겁에 질려 온몸이 화석처럼 굳어버리기 때문입니다.

처음 마음 먹었던 '최초의 담력'을 잃으면

고층 빌딩의 유리창을 닦을 수 없습니다.

인생의 고층 빌딩도 마찬가지입니다.

지나간 아픔과 상처를 내려다보지 말고,

유리창만 바라보십시오.

하늘을 바라보세요.

쓰나미 같은 고통이 몰려올 때

예고도 없이

엄청난 고난이 찾아올 때가 있습니다.

너무 힘들고 고통스러워 차라리 죽고 싶기도 합니다.

그러나 바로 이때가 자신을 극복하는 시간입니다.

고통을 통해 고통을 이길 수 있는 힘,

나의 고통을 통해서 다른 사람의 더 아픈 고통과 상처를

이해하고 치유할 수 있는 힘,

그 힘을 안겨주는 시간이기도 합니다.

"어! 내가 왜 저기 앉아 있지?"

◇
◇
◇
◇
◇

이따금 나도 모르게 내가 나를 걷어차버리는 순간이 있습니다. 그러고는 스스로 "어! 내가 왜 저기 앉아 있지?" 되묻게 됩니다. 나에게 걷어차인 또다른 나. 내가 다가가 품어야 합니다. 내가 먼저 품어야 다른 사람도 나를 품어줍니다.

우는 아이에서 웃는 아이로

내 안의 '아이'가 아직도 울고 있나요? 저 먼 옛날의 상처 때문에 아직도 울고 있는 내 안의 '아이'. 이제는 그 '아이'가 더 보채지 않도록 품어주어야 합니다. 사랑의 빛을 보내야 합니다. 우는 아이에서 웃는 아이로, 상처받은 아이에서 상처를 이겨낸 아이로 자라게 해야 합니다. 내 안의 아이가 웃어야 지금의 나도 웃을 수 있습니다.

눈 물 을   삼 키 다

드러내지 못하는 슬픔이 있습니다.

차라리 터뜨리고 나면 속이라도 시원할 것 같은데

그러지도 못하고 안으로 삼켜야 하는 그런 슬픔 말입니다.

삼킨 눈물은 비가 되어 몸 안을 씻어 내립니다.

인내와 연민, 이해와 사랑의 비……

사람은 삼킨 눈물의 양만큼

아픔 속에 자라납니다.

오래

슬퍼하지

말아요

모든 것은 지나갑니다.

슬픔도 고통도 비극도 언젠가 끝이 납니다.

다만 '지나가는' 것을 견디어내는 시간이 좀 필요하고,

그 시간을 넘어선

'마음의 힘'이 필요할 뿐입니다.

큰 태풍이 불수록

발바닥을 지면에 더 단단히 디뎌야 하듯,

두려움과 슬픔이 클수록

마음을 더 단단히 먹어야 합니다.

오래 낙심하거나 슬퍼하지 마세요.

곧 지나갑니다.

아이처럼 목 놓아 울어라

◇
◇
◇
◇
◇

"울고 싶은 아이는 울게 하라." 눈물에는 놀라운 치유력이 있습니다. 아이뿐만이 아닙니다. 어른도 때로 울어야 합니다. 눈물은 몸과 마음과 영혼을 씻어내는 빗물입니다. 울고 싶거든 아이처럼 실컷 우십시오. 저도 가끔 목 놓아 웁니다.

나를 먼저 용서하라

완전한 용서의 첫걸음은 나를 용서하는 것입니다. 조건이 없습니다. 이유도 없습니다. 그 다음에 다른 사람을 용서하는 것입니다. 그리고 다시는 되돌아보지 않는 것입니다. 용서는 나를 살려냅니다. 옆사람을 살리고 세상도 살립니다.

내가 제일 예뻤을 때

◇
◇
◇
◇

아기는 언제 봐도 예쁘게 보입니다. 울어도 예쁘고 웃어도 예쁩니다. 넘어져도 예쁘고 일어나 걸어도 예쁩니다. 자기를 사랑하면 인생의 모든 순간이 다 아름답습니다. 한순간의 절망과 불행 때문에 그 찬란한 순간을 미처 깨닫지 못하고 지나처버렸을 뿐입니다.

'맷집'으로 이겨라

'맷집'은 권투선수에게만 해당되는 이야기가 아닙니다. 고통과 좌절과 실패는 누구에게나 있습니다. 때로는 온통 피투성이가 될 수도 있습니다. 하지만 그것은 우리의 맷집을 키워주는 훌륭한 스승이기도 합니다. 잘 견디십시오!

'긍정의 지렛대' 하나 있으면

무거운 돌도 지렛대를 쓰면 번쩍 들어 올릴 수 있습니다. '긍정의 지렛대' 하나 있으면 인생의 무거운 돌을 쉽게 들어 올릴 수 있습니다. 내 안의 작은 긍정의 힘이 묵직하게 나를 내리누르던 아픔과 슬픔을 들어 올리는 지렛대입니다. 그런 긍정의 지렛대가 내면에 단단히 자리 잡고 있어야 합니다. 그래야 자신도 들어 올리고 남도 들어 올릴 수 있습니다.

왜 설거지를 하는가

음식을 먹으면 반드시 설거지를 해야 합니다. 그릇에 묻은 찌꺼기를 말끔히 씻어내야 새 음식을 담을 수 있습니다. 식사 후마다 설거지를 하는 것처럼 감정이 흔들릴 때마다 마음의 설거지를 해야 합니다. 일상 생활 속에 나도 모르게 스며든 감정의 찌꺼기를 탈탈 털어내고 씻어내야 다시 새롭게 시작할 수 있습니다. 때 묻었던 나의 빛깔을 다시 찾을 수 있습니다.

넘어진 자리, 그곳에서

신은
사람을 통해 일을 합니다.
당신이 필요한 사람을
다시 일어서게 해서 사용합니다.
넘어진 거기, 그 자리에서 다시 일어나
스스로 치유하게 해서
서로 사랑하게 만든 뒤에,
비로소 큰 도구로 사용합니다.
슬픔과 상처, 절망과 좌절의 자리에서
다시 일어서는 사람이 '큰 도구'입니다.

흉터를 남기고 떠난 사람에게

◇
◇
◇
◇

흉터를 보면 부끄럽고 아픈 기억이 되살아납니다. 보이지 않는 내상(內傷)의 흉터는 더욱 그렇습니다. 그러나 그 흉터가 축복이라는 사실을 깨닫는 날이 옵니다. 흉터를 남기고 떠난 사람에게 진심으로 감사하게 됩니다. 흉터를 자기 내면의 단련과 성장의 지렛대로 삼으면 모든 것이 달라집니다. 모든 것이 풀립니다.

무지개는 언제 뜨는가

무지개는 비가 주는 선물입니다. 비를 경험해야 무지개를 볼 수 있습니다. 우리 인생에 늘 단비만 오는 것은 아닙니다. 시시때때로 궂은비, 장맛비, 고통과 시련, 슬픔과 눈물의 비가 쏟아져 내립니다. 그러나 그 비도 불원간 그치고, 하늘에는 찬란한 무지개가 떠오를 것입니다.

제대로

이해할

수

있다면

많은 불행이, 모든 갈등과 싸움도
사람 사이에 제대로 이해하지 못했기 때문에 생겨납니다.
"어떻게 그럴 수 있어?"
다른 사람을 이해해 보려는 물음이기보다
그 사람을 부정하고 있는 모습이기도 합니다.

"그래, 그럴 수 있어"라고 말하는 것.
거기서부터 사람 사이의 관계가 풀리기 시작합니다.
내가 나를 내려놓고,
상대방의 자리에 다가서서 조금 더 크게,
조금 더 넓게 바라보면
이해하지 못할 것이 없습니다.

그래도 웃음을 머금고

웃음을 머금고 인생의 그림을 그리세요.

걸을 때도, 일할 때도, 말할 때도 웃음을 머금으세요.

춥고 아프고 외롭고 괴로울 때도 웃음을 잃지 마세요.

웃음을 머금는 것이 곧 행복을 머금는 것입니다.

다른 이에게도 행복과 기쁨을 안겨줍니다.

◇◇◇◇◇◇◇◇◇◇

6
흔들려도
끝까지
가라

◇◇◇◇◇◇◇◇◇◇

세상에서 가장 힘든 싸움

자신감은 어디에서 오는가.
자신과의 싸움에서 옵니다.
다른 사람과의 싸움이 아닌,
자신과의 싸움에서 이긴 사람이어야
진정한 자신감을 얻게 됩니다.

자신과의 싸움은
결코 한 번으로 끝나지 않습니다.
일회성이 아닙니다.
일생에 걸친 싸움입니다.
흔들려도 끝까지 가는 고독한 싸움입니다.

자기와의 싸움에서 이긴 사람

세상 풍랑을 다스리기 전에
내 마음의 풍랑을 먼저 다스려야 합니다.
다른 사람의 악한 마음을 탓하기 전에 내 안의
늑대부터 몰아내야 합니다.
칭기스칸의 말입니다.
"내가 나와의 싸움에서 이기니 칭기스칸이 되었다!"
자기와의 싸움에서 이기는 사람이
진정한 승리자입니다.

습관으로 연결시켜라

◇
◇
◇
◇
◇

어찌 능력과 노력이 중요하지 않겠습니까. 그러나 습관으로 연결되지 않으면 '한때의 물거품'에 그치기 쉽습니다. 육체의 근육처럼 마음의 근력도 반복해서 키우고 훈련하는 습관이 필요합니다.

'마음의 힘'은 산도 옮길 수 있다

근육의 힘은 분명 한계가 있습니다. 그러나 마음의 힘은 한계가 없습니다. 산도 들어 올릴 수 있습니다. 안에서 솟구치는 힘, 퐁퐁퐁 솟아나는 힘! 그 힘을 길러 나를 바꾸고 세상을 바꾸는 것, 내부의 힘을 길러 외부를 바꾸는 것이 마음의 힘입니다.

'청춘 경영'을 잘하려면

◇
◇
◇
◇
◇

젊었을 때 제대로 경쟁하는 법을 배워야 합니다. 다른 사람과 경쟁하는 법도 필요하지만 자기 자신과 싸우는 법을 익히는 것이 더 중요합니다. 끊임없이 자기 내면을 바라보며 어제보다 오늘 좀더 나아진 자신을 만들어가는 방법을 잘 배워야 '청춘 경영'을 잘 했다 말할 수 있습니다.

내 안에 단단히 닻을 내리고

바다의 파도처럼 무시로 실패와 위기가 닥쳐옵니다. 한순간에 모든 걸 포기하고 싶은 때도 있습니다. 이럴 때일수록 자기 내면을 더 단단히 붙잡아야 합니다. 자기와의 싸움에서 지면 모든 것에 지는 것과 같으니까요. '내 안의 닻'이 약하면 작은 파도에도 뒤집힙니다. 인생의 거센 파도를 두려워하지 말고 내 안의 닻을, 그 힘을 키우십시오. 내면의 싸움에서 이기는 사람만이 다시 솟아오를 수 있습니다.

노 력 이   먼 저 다

하늘에 맡기는 것은
처음부터 하늘에 맡기는 것이 아닙니다.
최선을 다하는 자신의 노력이 먼저입니다.
최선에서도 한 걸음 더 나아가 '최선에 최선'을 다하고
그 다음 걸음을. 그리고 마침내 그 마무리까지를
하늘에 맡기고 따르는 것입니다.

생각을

관리하라

생각이 행동을 결정합니다.

생각이 방향을 결정합니다.

약한 생각을 하면 약한 방향으로,

강한 생각을 하면 강한 방향으로 인생이 흘러갑니다.

생각 관리가 곧 자신의

인생 관리이기도 합니다.

'행복하지 않은 날은 단 하루도 없었다'

◇
◇
◇
◇
◇

앞을 볼 수도 없고 들을 수도 없었던 헬렌 켈러. 그녀는 눈을 감기 전, "나는 진정으로 아름다운 삶을 살았다. 내 인생에서 행복하지 않은 날은 단 하루도 없었다"라고 말했습니다. 그녀는 자신의 장애를 장애로 보지 않고 삶의 축복으로, 행복으로 연결시켰습니다.

행복은 돈, 지위, 조건에 있지 않습니다. 100퍼센트 마음 먹기에 달려 있습니다. 그래서 '마음 닦기'와 '마음공부'가 필요합니다. 그 과정에서 깨달음과 관점의 변화가 생깁니다. 관점이 바뀌면 모든 것이 행복입니다. 밥 먹고, 일하고, 사랑하고, 여행하고, 하는 그 모든 것이 행복입니다.

단순해야 선명해진다

복잡하면 흐려집니다. 초점도 흐려지고 일처리도 흐려집니다. 생각과 에너지가 흩어져 집중도 몰입도 어렵습니다. 단순하면 선명해집니다. 초점도 확실해지고 일처리도 분명해집니다. 생각과 에너지가 모아져 집중도 몰입도 쉬워집니다.

'만년 청춘'

희끗희끗해진 머리를 보며 저도 이따금 늙어가고 있음을 실감하곤 합니다. 문득 모든 것이 정지된 듯한 느낌, 모든 에너지가 소진되어 그 자리에 멈춰 선 듯한 느낌…… 그때마다 막막하기 그지없으나 마음은 아주 편안합니다. 청춘은 저 멀리 지나갔지만, 내 영혼의 청춘은 이제부터 다시 움트기 시작한다고 생각하기 때문입니다. '만년 청춘'입니다.

'나'에서 '우리'로

우리는 대부분 자기를 먼저 생각합니다. 오랫동안 길들여진 마음의 법칙입니다. 이제는 그 법칙의 우선 순위를 바꾸어야 합니다. 나보다 다른 사람을 먼저 생각하는 쪽으로 방향을 틀어보십시오. 그것을 '마음의 제1법칙'으로 삼으면 사는 맛이 달라집니다. 세상은 제법 살 만한 곳이 됩니다.

말솜씨에만 매달리지 마라

◇
◇
◇
◇

　말솜씨. 사람 앞에 서는 사람에게는 특히 중요합니다. 그러나 말솜씨에만 매달리면 오래가지 못합니다. 감정 그대로, 생각 그대로, 살아온 그대로, 솔직하게 말하는 솜씨여야 합니다.

지

금

하

라

가장 안 좋은 말 중의 하나가
"나중에 하지"라는 말입니다.
가장 안 좋은 습관 또한 지금 할 일을
나중으로 미루는 것입니다.

시작이 끝이다

미루는 것도 버릇입니다. 아주 안 좋은 버릇입니다. 미루게 되면 할 일이 쌓이게 되고 할 일이 쌓이면 일에 밀리게 됩니다. 시작도 못해보고 마는 일이 허다합니다. 시작이 반이라고 하지요? 아닙니다. 시작이 끝입니다.

게으름은 인생의 빛을 삼켜버린다

"게으름은 쇠붙이의 녹과 같다. 사용하고 있는 열쇠는 항상 빛난다." 벤저민 프랭클린의 말입니다. 사람이 가장 경계해야 할 것이 게으름입니다. 게으름은 쇠붙이 녹보다 더 무섭습니다. 인생도 녹입니다. 빛도 사라집니다.

긴 것과 짧은 것

아무리 키가 큰 갈대도
대나무 앞에서는 너무 짧습니다.
나에게 큰 것이 그에게는 작을 수 있습니다.
나에게 좋은 것이 그에게는 나쁠 수 있습니다.
긴 것과 짧은 것, 옳음과 그름, 고통과 행복.
모두가 비교에서 오는 상대적 개념입니다.
어느 한쪽에 쏠리거나 메이지 않고
다른 한쪽을 함께 바라볼 때
균형과 조화가 깃듭니다.

7
다시
오지 않을
하루

아 침 을   경 배 하 라

매일 어김없이 찾아오는 아침.
그 아침을 내가 어떻게 맞이하는지 생각하게 됩니다.
어제 목숨을 잃은 사람에게는
다시 없을 또 하루의 생명,
또 하나의 새로운 우주가 열리는 시간입니다.
정결한 마음으로 아침을 경배하며,
오늘 하루를 행복하게 시작합니다.

하루하루가 삶의 선물입니다.
늘 새롭고 신비롭습니다.
단 하루밖에 없는 '오늘 하루',
오늘이 지나면 다시는 오지 않습니다.
하루하루가 축제와 같습니다.
축제여야 합니다.

시간을 허비한 죄

"일을 하는 것이 즐겁다. 마치고 집에 가면 더 즐겁다"는
사람이 있는가 하면,
"일하는 것도 괴롭고 집에 가면 더 괴롭다"는
사람도 있습니다.
또 이곳에 가면 저곳을 기웃거리고
저곳에 가면 이곳을 기웃거립니다.
어느 곳을 가도, 무슨 일을 해도
늘 안절부절 시간을 허비합니다.
가장 큰 죄는 '시간을 허비한 죄'입니다.
허송세월보다 더 큰 죄는 없습니다.

시간은 공평하게 흐른다

째깍! 째깍! 시간은 공평합니다. 누구에게나 어김없이 일정하게 흐릅니다. 울어도 흐르고 웃어도 흐릅니다. 돌아갈 수도, 다시 잡을 수도 없습니다. 인생에서 가장 현명한 것이 시간 관리입니다.

오늘,

내일이 부끄럽지 않게

◇
◇
◇
◇

오늘 열심히 사는 것이 정답입니다. 오늘 열심히 살면 내일 더 열심히 살 수 있습니다. 오늘 할 일을 오늘 잘 끝내면 내일 하루도 더 잘 이어갈 수 있습니다. 오늘이 부끄러워지면 내일은 더 부끄러워지기 쉽습니다.

나는 살아남았다

◇
◇
◇
◇

마그다 홀런데르 라퐁은 나치 강제수용소에서 살아남고 훗날 유명한 아동 심리학자가 됩니다. 그녀는 그 죽음 같은 기억을 상처로 묻어두는 대신, 삶에 대한 긍정과 기원으로 바꾸기로 결심합니다. 그 결심이 그를 살립니다. 나치 강제수용소에서 살아남은 것, 결코 쉬운 일이 아닙니다. 그야말로 기적입니다. 그가 스스로 만들어낸 기적입니다.

곰곰이 생각해 보면, 오늘 우리가 이렇게 살아남은 것도 보통 일이 아닙니다. 하루하루 잘 살아남아 내일을 기약하며, 고통의 기억들을 긍정의 기억으로 전환하는 것, 그것이 삶에 대한 올바른 태도입니다.

굿은

날은

없다

좋은 날이

늘 좋은 것만은 아닙니다.

아무리 날씨가 좋아도 허송 세월을 하면

차라리 날씨가 나쁜 것이 더 나을 수도 있습니다.

인생에 좋은 날, 궂은 날은 따로 없습니다.

내가 어떻게 관리하느냐에 따라

매일 '좋은 날'이 됩니다.

모든 일을 처음 그 마음으로

사랑하는 사람을 처음 만났을 때의 설레는 마음, 어렵사리 직장을 얻어 첫 출근할 때의 마음, 그 마음만 되살릴 수 있다면 모든 것이 신비롭고 감사한 일입니다. 모든 일을 처음 하듯이 하는 태도가 성공과 행복의 지름길입니다.

몰입과 감사

기쁨도 창조다

◇
◇
◇
◇

　기쁨은 샘물과 같습니다. 맨땅 깊은 곳에서 솟아나는 것입니다. 즐겁고 재미있고 웃음짓는 곳이 기쁨의 샘물입니다. 그러나 더 깊은 샘물은 힘들고 아프고 쓰라린 곳입니다. 그곳에서도 기쁨은 솟아납니다. 고통스런 일인데도 그 고통이 사랑과 감사로 이어질 때, 더 큰 기쁨이 샘솟듯 터져나오는 것입니다. 기쁨도 창조입니다.

꽃은 피고 지고, 또 피어난다

인생은

전진과 후퇴의 반복입니다.

늘 앞으로만 가는 것도 아니고

매일매일 좋은 일만 있는 것도 아닙니다.

꽃도 피고 지고, 또 피고 지면서 계절을 넘깁니다.

나의 계절을 넘겼다고 너무 서러워 마십시오.

계절은 다시 오고 꽃도 다시 핍니다.

◇◇◇◇◇◇◇◇◇◇

8
아직도
늦지
않았다

◇◇◇◇◇◇◇◇◇◇

끝 까 지 가 는 사 람 이 이 긴 다

산을 오르기로 마음먹었으면
조금 늦더라도 끝까지 가는 것이 중요합니다.
속도는 중요하지 않습니다.
같은 방향으로 끝까지 가는 사람이 승리합니다.

언덕길이 점점 가팔라 힘이 더 들어도
주저앉거나 포기하지 않으면
곧 꼭대기에 오르게 됩니다.
반드시 정상에 서게 됩니다.
끝까지 가면 됩니다.

가장 큰 시장이 꿈 시장이다

꿈은 오늘이 아니고 내일입니다.
현재의 그림이 아니고 미래의 그림입니다.
미래를 위한 가장 강력한 투자입니다.
가장 큰 시장이 '꿈 시장'입니다.
꿈과 희망을 위한 투자를 망설인다면
내 인생의 가장 큰 시장을 놓치고 사는 것입니다.

가슴이 뛰는 사람만 미칠 수 있다

◇
◇
◇
◇

당신은 미쳐야 합니다. 좋은 일에 제대로 미쳐야 합니다. 아무나 미친 사람이 될 수 없습니다. 꿈이 있는 사람, 그 꿈을 생각하면 가슴이 뛰는 사람만 미칠 수 있습니다. 미친 사람만 새 길을 낼 수 있습니다.

간절함으로 손을 내밀 때는……

◇
◇
◇
◇
◇

간절함은 절박할 때 나옵니다. 간절함으로 손을 내밀 때는 그 손을 잡아주어야 합니다. 절박할 때 서로 맞잡은 두 손에 놀라운 힘이 있습니다. 하늘도 움직입니다.

꿈은 움직임을 요구한다

◇
◇
◇
◇

　꿈은 움직임을 요구합니다. 목표하는 방향으로 이동해야 합니다. 움직이지 않으면 꿈도 목표도 의미가 없습니다. 이동하고 움직여야 다가갈 수 있습니다.

'내면의 어린아이'에게 물어보라

◇
◇
◇
◇

    누구에게나 순수했던 어린 시절이 있습니다. 순진무구했던 그때의 마음, 그때의 꿈, 그때의 사랑…… 그걸 잃어버리면 메마른 어른이 됩니다. 이따금 '내면의 어린아이'에게 물어보십시오. "이것이 내 본래 어린 모습 맞아?"

날마다 연필 열 자루가 필요하다

그냥 되는 일은 없습니다.
날마다 연필 열 자루를 닳게 써야
'헤밍웨이'가 될 수 있습니다.
글은 손끝으로 쓰는 것입니다.
손끝으로 생각하고
손끝에 영감이 달라붙어야
영혼을 움직이는 좋은 글이 써집니다.
누구든 작가 되고자 하는 사람은
날마다 '연필 열 자루'가 필요합니다.

죽기를 각오하고 썼다

◇
◇
◇
◇
◇

조정래 작가는 대하소설 세 편을 쓰기까지 20여 년간 세상과 절연하고 매일 아침 서재로 출근해 새벽까지 죽기를 각오하고 글을 썼다고 합니다. 오른 팔이 마비되고 온갖 병들이 그를 괴롭혔지만 그의 펜 끝은 오히려 활화산처럼 살아 움직였습니다.

이 시대의 대작가도 매일 죽기를 각오하며 글을 쓴다 합니다. 죽을힘을 다해 써야 위대한 작품을 쓸 수 있습니다. 죽을힘을 다해 달려야 금메달도 딸 수 있습니다. 죽을힘을 다해야 꿈도 이룰 수 있습니다. 그것을 가리켜 '올인'이라 부릅니다.

달 인 의 미 소 엔 여 유 가 있 다

달인의 미소는 남다릅니다.

언제 봐도 여유와 안정감이 있습니다.

그러나 하루아침에 만들어지는 것이 아닙니다.

수없이 넘어지고, 깨지고, 찢기고,

그 모든 고독과 상처를 이겨냈을 때……

마침내 얻어지는 미소입니다.

작은 것, 쉬운 것부터 시작하라

모든 일에 단계가 있습니다.

건너뛸 수 없고, 건너뛰면 탈이 납니다.

작은 것부터, 쉬운 것부터 시작해야 합니다.

재미있게, 즐겁게, 잘 할 수 있는 것부터,

돈이 안 되는 것부터,

사람의 마음을 얻는 것부터 시작해야 합니다.

큰 꿈을 갖되 시작은 작은 것부터!

도끼를 가는 시간

◊
◊
◊
◊

링컨이 말했습니다. "나에게 여덟 시간의 나무 베는 시간이 주어진다면, 그중 여섯 시간은 도끼 가는 데에 쓰겠다."

나무 베는 것이 급하다 해서 무딘 도끼로 덤벼들면 헛수고 일 뿐입니다. 도끼 가는 시간이 길수록 나무 베는 시간이 줄고 나무도 더 많이 벨 수 있습니다. 목표도 중요하지만, 준비와 기본기는 더 중요합니다.

때를 기다려야 싹이 튼다

◇
◇
◇
◇
◇

씨앗을 뿌렸다 해서 아무 때나 싹이 나는 것은 아닙니다.
때를 기다려야 합니다. 적당한 온도, 적절한 물기가 깊숙이 배
어들 때까지 조용히 기다려야 합니다. 그리고 받아들일 준비
도 해야 합니다. 차가운 온도, 메마른 땅속에서 자신을 열고
기다리면 반드시 때가 옵니다.

'짓다가 만 집'과 '짓고 있는' 집

'짓다가 만 집'과 '짓고 있는 집'은 다릅니다.

'짓다가 만 집'은 흉물처럼 보이지만

'짓고 있는 집'은 미완의 예술품입니다.

가우디의 건축물이 그렇듯

어떤 건물은 수십 년, 수백 년에 걸쳐 짓고 있습니다.

그 미완의 '짓고 있는 집'을 많은 사람들이 줄을 서서 바라봅니다.

경탄하고 감동합니다.

촛불을 준비하고 길을 떠나는가

갑자기 전깃불이 나갔을 때
촛불을 준비한 사람만이 불을 밝힐 수 있습니다.
길이 열렸을 때 준비한 사람만이
바로 떠날 수 있습니다.
새로운 도전과 변화에 두려움만 가지고 있다면
아직 길 떠날 준비가 안 돼 있는 것입니다.
아직도 늦지 않았습니다.
촛불을 미리 준비하십시오.

삼년지애(三年之艾)

◇
◇
◇
◇

삼년지애(三年之艾), '3년 묵은 쑥'.『맹자』에 나오는 말입니다. 큰 병을 얻은 사람이 하루아침에 '3년 묵은 쑥'을 구하기 어렵다는 뜻입니다. 미리 준비한 사람만이 위급할 때 '3년 묵은 쑥'을 얻을 수 있습니다.

빗물 담을 그릇부터

기적은 빗물과 같다는 생각이 듭니다. 비는 시시때때로 하늘에서 내리지만, 자기 그릇에 담지 않으면 모두 밖으로 흘러가 버리고 맙니다. 그릇을 준비해야 빗물을 받을 수 있습니다. 그것도 깨끗한 그릇이어야 담기는 빗물도 깨끗함을 유지할 수 있습니다. 오늘도 기적은 비처럼 내립니다.

당신이 바로 가장 빛나는 별입니다

다만 그 빛나는 순간을 아직 발견하지 못했을 뿐입니다.

아니면 빛나는 별을 향해 발걸음을 옮기지 않았을 뿐입니다.

오늘에 머물러 있는 사람,

그 자리에 안주하는 사람에게

빛나는 순간은 오지 않습니다.

저 먼 우주 공간의 별을 찾아,

꿈을 향해 두 발을 내딛는 사람만이

빛나는 별의 주인이 될 수 있습니다.

◇◇◇◇◇◇◇◇◇◇◇◇

9
삶의
의미를
찾아서

◇◇◇◇◇◇◇◇◇◇◇◇

그 대 만 의 ' 생 의 책 '을 써 라

누구에게나 자기 이야기가 있습니다.
그 이야기를 글로 쓰면
세상에 단 한 권밖에 없는 자기만의
'생(生)의 책'이 됩니다.
그 책이 너무 단조로우면 시시해집니다.
굴곡도 있고 우여곡절도 있어야
재미있게, 감동적으로 읽혀집니다.

우리 앞에 닥친 인생의 숱한 고비들,
나락으로 떨어지는 위기의 순간이자
더 높이 솟구쳐 오르는 절호의 기회이기도 합니다.
그래서 고비는 많은 스토리를 만들어냅니다.
고비가 많을수록 이야기가 풍성해지고,
이야기가 풍성한 사람이 삶도 풍성하게 됩니다.

자신

있게,

자신답게

가장 나다운 것이
가장 세계적인 것입니다.
내가 나다움을 잃으면
세상의 모든 것을 얻는다 해도
아무런 의미가 없습니다.
자신 있게 사는 것이
자신답게 사는 것이고,
자신답게 사는 것이
곧 자신 있게 사는 길입니다.

'부름' 받은 사람들이 남긴 발자국

◇
◇
◇
◇

'부름(Calling)'은 사명입니다. 소명이라고도 합니다. 누구든 이 세상에 태어나서 오직 그만의 임무가 반드시 있다는 뜻이지요. 그러나 그 부름의 소리를 끝내 듣지 못하고 자기 삶을 마치는 사람도 있고, 그 부름 때문에 고난의 길을 가는 사람도 있습니다. 고난을 겪어도 부름 받는 것은 축복입니다. 인류의 역사는 부름 받은 사람들이 남긴 발자국입니다.

나만의 아우라

아우라. 어떤 사람이나 장소에 서려 있는 특별한 기운과 광채를 뜻하는 말입니다. 아우라는 껍질이 아닌 내면의 빛입니다. 화장이나 치장으로 만들 수 없습니다. 내면의 긍정적인 기운이 빛으로, 카리스마로 표출될 때 비로소 나타납니다. 한 사람의 아우라가 온 지구를 덮습니다.

어떤 질문을 품고 사시나요?

◇
◇
◇
◇

질문이 잘못되면 대답도 엉터리가 되고 맙니다. 올바른 질문이어야 올바른 해답을 얻을 수 있습니다. 올바른 질문 속에 답은 이미 나와 있습니다. 하루하루, 당신의 가슴속에 어떤 질문을 품고 살아가나요? 나에게 던지는 질문이 내 인생을 만듭니다.

삶이 단단해지는 비결

◇
◇
◇
◇

뿌리가 약하면 그 자리에 서 있을 수 없습니다. 날개가 없으면 하늘로 날 수 없습니다. 뿌리가 튼튼해야 태풍도 이겨낼 수 있습니다. 날개가 튼튼해야 멀리 날 수 있습니다. 자기 인생의 초반기에 뿌리와 날개를 튼튼하게 해야, 삶이 단단해집니다. 훗날 사람 앞에도 당당하게 설 수 있습니다.

당신이 진정한 예술가다

◇
◇
◇
◇
◇

　그림 그리고, 글 쓰고, 음악 하는 사람만이 예술가는 아닙니다. 우리 모두는 누구나 예술가입니다. 자기 삶에 아름다운 색깔을 입히고, 아름다운 곡을 그려가는 사람이면 그 자체로 이미 훌륭한 예술가의 반열에 오른 셈입니다. 삶이 아름다운 사람이면, 그가 만들어가는 예술도 아름답습니다.

떠돌다 찾아올 '나'를 기다리며

기다리면서, 또는 나이가 들면서 깨닫게 됩니다. 이미 내 안에 많은 것들이 주어져 있음을. 그것을 알지 못한 채 긴 세월을 보냈다는 것을. 그러나 아직도 긴 기다림이 필요합니다. 미로를 헤매며 떠돌다가 찾아올 '나'를 위해서……

내가 가진 것에 감사하라

"남의 잔디가 더 푸르게 보인다"는 속담이 있지요?

남이 가진 것,

내 것이 아니고 그의 것입니다.

남에게 주어진 행운, 그의 것입니다.

내가 가진 것, 그것만이 내 것입니다.

그러나 사실은 '내가 가진 것'도 내 것이 아닙니다.

나에게 잠시 맡겨진 '보관품'과 같은 것입니다.

남이 가진 것에 박수쳐 주고,

내가 가진 것에 감사하며

기꺼이 나누며 사는 것이 참다운 행복입니다.

자기 몸에 맞는 옷을 입어라

◇
◇
◇
◇
◇

양복 원단이 아무리 좋아도 제 몸에 맞지 않으면 멋이 없습니다. 작은 배에 너무 많은 짐을 실으면 배가 뒤집힙니다. 분에 넘치는 재물은 자칫 뜻밖의 재앙을 불러옵니다. 자기 몸에 맞는 옷을 입어야 편안합니다.

'부족한 사람'이기 때문에

완벽하지 않고 부족한 사람들이기 때문에 서로 기대고 서로 채우며 살아갑니다. 완벽한 사랑이 아니기 때문에 더 깊이 품어주고, 더 오래 기다리고, 가려주고 덮어줍니다. 실패는 또다른 성공의 시작이라고 믿기 때문에 절망하지 않습니다. 한계를 알기 때문에 더 큰 용기로 도전합니다.

내 몸이 건강하면 세상도 건강하게 보인다

◇
◇
◇
◇
◇

자기 몸이 건강하면 세상도 건강하게 보입니다. 내가 건강
해야 다른 사람도 돌볼 수 있습니다. 얼굴 표정도 편하고 부드
럽습니다. 사랑도 더 할 수 있습니다. 자기 몸의 건강 관리가
그 시작입니다.

사람의 몸은 신묘합니다. 아무리 부서지고 망가져도 엄청 난 회복력이 있습니다. 그 회복력과 치유의 핵심은 '잘 흐르게 하는 것'에 있습니다. 첫째 몸속의 피가 맑게 잘 흘러야 합니 다. 둘째 유쾌한 주파수가 잘 흘러야 합니다. 셋째 사랑이 잘 흘러야 합니다. 그러면 몸은 저절로 치유됩니다.

당신의 두 발로 함부로 걷지 마세요

내 손 안에 든 것.

영원히 내 것이 될 수 없습니다.

생을 마칠 때에는 모두 놓고 가야 합니다.

그러나 두 발로 남긴 것은 '길'이 되어 남습니다.

한 사람의 발걸음으로 낸 길을

많은 사람들이 걸어가며.

또다른 길을 만들어갑니다.

당신의 두 발로 함부로 걷지 마세요.

당신의 발걸음이 다른 사람에게

길이 될 것이기 때문입니다.

길
동
무
가

되
어

함
께

가
라

삶의 리듬!
궁극적으로 자신이 만들어가야 할 몫입니다.
그러나 누군가 길동무가 되어주면 더욱 쉬워집니다.

우리 모두는 서로의 삶에 힘을 보태는
페이스 메이커들입니다.
인생의 희로애락을 함께하는 사람,
단 한 사람이라도 곁에 있으면
인생 마라톤이 행복합니다. 힘이 납니다.
좋은 기운을 주고받으며 함께 인생길을 달리면
심장이 더 힘차게 뜁니다.
건강한 삶, 행복한 삶으로 이어집니다.

잘 지내니? 잘 지내길 바란다!

◇
◇
◇
◇

    불현듯 안부가 궁금해지는 사람이 있습니다. 지금 잘 지내고 있는지, 어디 아프지는 않은지, 밥은 먹고 사는지, 마음이 아련해집니다. 불현듯 생각나는 것은 그 사람이 아직도 내 가슴속 난로에 불씨로 남아 있다는 뜻입니다. 아직도 남은 그 불씨가 나를 기쁘게도 하고 아프게도 합니다.

'아이의 귀'를 닮아라

◇
◇
◇
◇

'소귀에 경 읽기'라는 말이 있지요? 무슨 말을 해도 못 알아듣는 경우를 일컫습니다. 작은 소리가 큰 소리가 되고 다시 고함으로 바뀝니다. 나이가 들수록 언제나 '아이의 귀'를 닮아야 합니다. 잘 귀담아 듣는 사람, 그래서 잘 감동하고, 잘 대답하는 사람으로 거듭나야 합니다.

한 발 낮은 곳에 서보라

◇
◇
◇
◇

이해하면 풀리기 시작합니다. 공감하면 하나가 됩니다. 내가 상대방보다 한 발 낮은 곳에 설 때 가능합니다. 이해하고 공감하는 것이 진정한 소통의 시작이고 끝입니다.

신뢰도 자라난다

신뢰는 목숨과 같습니다. 목숨처럼 인생 끝까지 가는 것입니다. 처음부터 신뢰가 없으면 아예 시작을 할 수 없고, 중도에 신뢰를 잃으면 나머지를 함께할 수 없고, 끝에 신뢰를 잃으면 모든 것을 잃게 됩니다. 신뢰도 자라납니다. 매일 새롭게 다짐하고 노력해야 진화합니다.

모 두 다 당 신 편

외롭습니까?
너무 외로워 마십시오.
앞서거니 뒤서거니 가는 인생길.
언제 어디선가 평생 가슴으로 기억되는
길동무를 만나는 행운의 시간이
분명 있을 것입니다.
당신이 먼저 가슴을 열면
그 뒤에 만나는 길동무마다
모두가 당신 편입니다.

뜻이 있는 사람은 죽지 않는다

함석헌 선생은 『뜻으로 본 한국역사』에서
"싸움은 이겨서 이기는 것이 아니라,
져도 졌다 하지 않으므로 이긴다.
죽음을 죽음으로 알지 않으므로 정신이 된다.
믿음이 정신이요, 믿음이 불사신이다"라고 했습니다.

인생은 싸움의 연속입니다.
하지만 이기고 지는 것이 결과에 있지 않습니다.
이기고도 지는 인생이 너무 많고,
살았지만 죽은 인생도 많습니다.
뜻을 찾은 사람, 정신을 가진 사람은
영원히 죽지 않습니다.

깨달음의 길

◇
◇
◇
◇

깨달음의 길은 여러 갈래가 있습니다. 내가 찾아가는 길도 있고 나에게 찾아오게 하는 길도 있습니다. 어떤 길이든 특별한 원리가 하나 있습니다. 마음을 비우는 것입니다.

편견과 이기심, 고정관념을 비우고 마음의 창문을 활짝 열어야 깨달음의 햇살이 들어올 수 있습니다. 삶의 모든 길, 모든 순간순간이 깨달음의 길입니다.

인생의 겨울이 와도

인생의 겨울이 왔다고 너무 낙심할 것 없습니다. 나무도 때가 되면 꽃도 지고 잎도 떨어집니다. 자연의 이치, 세상의 이치를 겸허하게 받아들이는 것, 주름은 많아져도 아름답게 나이 들어 가는 것, 함께 나이 들어 가는 사람의 얼굴을 보며 웃음 잃지 않고 기운 넘치게 사는 것…… 나이 들어 젊게 사는 길입니다.

처 음 살 아 보 는 오 늘

날마다 새로운 해가 뜹니다.

어제의 태양 같지만 오늘은 새로운 태양입니다.

어제 먹은 밥 같아도 오늘은 처음 먹는 밥입니다.

어제도 사랑했지만 오늘 사랑은 처음입니다.

오늘 다시 새롭게 태어나고

새롭게 시작합니다.

더 창의적으로,

더 성장하면서.

아직 못다 한 이야기

◇
◇
◇
◇

저도 절대고독의 강을 무수히 건넜습니다. 지금도 그 절대고독의 강을 건너고 있습니다. 의분에 넘치는 대학신문 편집장에서, 《뿌리깊은나무》 기자와 《중앙일보》 기자로, 그리고 대통령의 연설비서관까지. 글쟁이의 꿈 하나 품고 40여 년을 걸어왔습니다.

엄혹한 시대를 관통하고, 국가 최고지도자의 '뱃속'까지도 들어갔습니다. 그리고 지금은 많은 분들의 마음속에 매일 희망을 담아 아침편지를 보내고 있습니다.

글은 단순히 펜 끝에서 나오는 것이 아닙니다. 절대고독의 산물입니다. 삶의 매 순간을 온몸으로 살아내며 혼자 견뎌야 하는 고통의 시간을 거쳐야, 비로소 한 줄의 문장이 씌어집니다.

저에게 그 절대고독의 정점은 바로 연설비서관이라는 지엄한 자리에서 대통령의 말과 글을 수없이 써내려갔던 때였습니다. 연설문을 썼던 5년 내내, 몸 한쪽에 마비가 올 정도로 엄청난 부담감이 저를 짓눌렀습니다. 그만큼 막중한 책임감과 엄정함이 필요했기 때문입니다.

고(故) 김대중 대통령의 '연설담당 비서관'이란 이력 때문에, 대통령 연설문에 대한 사회적 관심이 쏟아질 때마다 수많은 매체에서 인터뷰 요청이 있었습니다. 그때마다 저는 정중히 사양하며 입을 다물어왔습니다.

그러나 진실하지 못한 말과 글이 세상을 뒤흔드는 미증유의 사태를 경험하면서, 제가 글쟁이로서 첫걸음을 떼었던 《연세춘추》의 간곡한 인터뷰 요청만은 물리칠 수 없었습니다. 매우 상식적인 수준에서나마 '기록'으로 남기는 것도 의미 있는 일이라 생각해 말문을 조금 열었습니다.

우리 각자의 인생의 글도 함부로 씌어져선 안 되듯이 사람 앞에 서는 이의 펜 끝은 더욱더 무거워야 합니다. 몇 겹의 절대고독을 통해 걸러지고 또 걸러져야 합니다. 생각을 뼛속까지 드리우며 글자 한 자도 치열하게 고민해야 합니다.

지도자, 곧 '사람 앞에 서는 사람'의 글은 단순한 글이 아니라 많은 이의 삶과 조직의 운명에 영향을 미치는 정신이고 방향이기 때문입니다.

대통령 연설비서관으로 삼켜야 했던 저의 절대고독, 그 산물이기도 한《연세춘추》와의 인터뷰를 통해 아직 못다 한 이야기를 대신하고자 합니다.

◇◇◇◇◇◇◇◇◇◇◇

《연세춘추》 인터뷰

첫 말문 연 대통령 연설비서관 고도원

2016년 11월 7일 | 김지성 기자, 이청파 기자

고도원 작가를 만났다. 고도원 작가는《뿌리깊은나무》와《중앙일보》의 기자를 거쳐 김대중 정부 당시, 청와대 연설비서관을 지냈다. 현재는 작가로 활동하고 있다. 이날 고도원 작가는 박근혜 대통령 연설문 유출 사태에 대한 입장을 언론에 처음으로 밝히기도 했다. 인터뷰는 충북 노은면에 있는 그의 집필실에서 이뤄졌다. 다음은 우리 신문과 고도원 작가의 일문일답이다.

어둠의 시대를, 펜으로 써내려갔던 대학생

Q 대학생 시절《연세춘추》에서 활동한 것으로 알고 있다. 당시의 이야기들을 듣고 싶다.

A 내가 1971년에 신학과에 입학했다. 그리고 2학년이었던 1972년부터《연세춘추》기자 생활을 시작했다. 1973년 2학기부터 1974년 1학기까지는《연세춘추》에서 편집국장을 맡았었다. 당시는 유신시대로서 굉장히 옥죄던 시절이었고 토씨 하나에도 사람의 운명이 갈리던 때였다.

Q 《연세춘추》에는 '십계명'이라는 칼럼 꼭지가 있다. 이 칼럼 꼭지를 처음으로 만들었다고 들었다. '십계명'이라는 칼럼 꼭지를 만든 계기가 무엇인가?

A 1972년 10월에 유신헌법이 발표됐다. '세상이 거꾸로 가고 있고, 정상이 아니다'라는 생각이 들었다. 그래서 누군가는 자신의 이름을 내걸고 현재의 세상을 글로 표현해야 한다고 생각했다. 그래서 편집국장이 된 후 '십계명'이라는 기명 칼럼을 만들었다. '십계명'은 '이 시대에 꼭 지켜야 할 것, 그 최소한은 무엇인가' 등을 묻고 싶은 마음으로 지은 이름이다.

Q 서슬 퍼런 시대에 글들을 썼다. 대학생활이 순탄치 않았을 것 같다.

A 기사나 칼럼 때문에 여기저기 불려 다녔다. 중앙정보부가 있던
남산도 가고 서대문 경찰서도 가고. 그리고 1975년 5월, 유신
정권의 긴급조치 9호가 선포됐다. 당시 전국적으로 786명의
대학생이 제적됐는데 나도 그중 한 명이었다. 제적 이후 군에
입대했다.

낙인 찍힌 청년, 어렵게 시작한 기자 생활

Q 당시에 대학졸업장도 없는 청년이 기자가 되는 일은 쉽지 않았을
텐데?

A 그렇다. 그래도 일단은 《뿌리깊은나무》라는 잡지사에 지원을
했다. 당시 편집장은 내가 대학졸업장이 없는 것을 알았지만
글솜씨를 인정하며 나한테 '사장과 면접을 할 때, 그냥 대학을
나왔다고 답해라'라고 말했다. 그렇게 우여곡절 끝에 1979년
《뿌리깊은나무》에 입사했다. 그런데 입사 6개월 후, 내가 대학
졸업장이 없다는 사실이 사장에게 보고됐다. 하지만 사장은
오히려 격려해 줬다. 덕분에 기자생활을 계속할 수 있었다.

Q 《뿌리깊은나무》에서 썼던 기사 중 가장 기억에 남는 기사는 무엇
인가?

A 앞서 언급했듯이 1975년 긴급조치 9호로 786명의 대학생이 제적됐다. 나도 그중 하나였고. 이들의 그 이후 여섯 해를 추적한 기사를 썼었다. 정말 발로 뛰어다니며 쓴 기사였다. 전수조사에 가깝게 많은 사람들을 만나 인터뷰하고, 분류하고, 그들이 지금 어떻게 살고 있는지를 기사에 담았다.

Q 《중앙일보》에서 다시 기자 생활을 이어나간 것으로 안다. 어떻게 《중앙일보》에 들어가게 됐나?
A 1983년에 중앙일보에 입사했다. 당시 《중앙일보》 최우석 경제부장이 《뿌리깊은나무》를 꾸준히 읽다가 나를 알게 됐다. 그리고 그분이 '이 친구를 신문기자 한번 시켜보자'라고 제안해서 《중앙일보》에 들어가게 됐다.

Q 《중앙일보》에서 썼던 글 중 기억에 남는 것이 있다면?
A 전두환 정권 하에서 경찰들이 기자를 폭행하는 일이 종종 있었다. 하지만 경찰은 이를 부인하곤 했다. 그러던 중 사진기자의 카메라에 경찰이 기자를 폭행하는 모습이 찍혔다. 이 사진을 바탕으로 「사진은 말한다」라는 칼럼을 썼다. 이것이 여론의 반향을 이끌어냈다.

대통령의 필사(筆士), 그가 말하는 대통령의 연설문

고도원 작가의 생의 궤도를 따라 진행된 인터뷰는 어느덧 그가 김대중 전 대통령의 연설비서관을 지냈던 시절로 넘어왔다. 고도원 작가는 김대중 정부가 시작할 때부터 끝까지 대통령의 연설문을 책임졌다. 그는 "지금까지 한 번도 김대중 전 대통령의 내면이나 연설과 관련해 언론에 구체적으로 언급한 적이 없다"고 밝혔다. 그러나 고도원 작가는 "연설비서관으로서 자신의 경험들을 의미 있게 기록으로 남기고자 한다"며 무겁게 입을 열었다.

Q 어떻게 김대중 전 대통령의 연설비서관이 됐는가?
A 《중앙일보》에서 정치부 기자로 활동하면서, 평화민주당(아래 평민당)을 출입했었다. 당시 평민당의 총재가 김대중 전 대통령이었다. 김 전 대통령은 젊은 기자들과 차를 마시며 대담하는 걸 좋아했다. 어느 날은 김 전 대통령이 아널드 토인비의 『역사의 연구』라는 책에 대한 이야기를 꺼냈다. 그 책은 나 또한 15번 가까이 읽은 책이었다. 그 책에 대해서 김 전 대통령과 두세 시간 넘게 깊은 이야기를 나눴다. 그 일이 나중에 연설비서관을 맡는 계기가 됐다.

Q 연설비서관의 구체적인 업무를 알고 싶다.

A 대통령의 모든 연설, 모든 기고문, 그리고 때때로 국민 앞에서
　　하는 기자회견문을 쓰는 초안 책임자다. 여기에 추가로 말씀
　　자료라는 것 또한 담당한다.

Q 말씀자료라는 것은 무엇인가?
A 그날 대통령의 동선에서 어떤 톤과 어떤 매너로 말을 할지를
　　A4용지 1장에서 3장 정도로 요약해서 매일 아침마다 보고를
　　드린다. 그날 대통령의 걸음걸이에 대해서도 말씀자료를 통해
　　조언을 드린다. 여기서 가장 중요한 것이 민심이다. 독립적인
　　자리에 있는 사람이 대통령의 말, 글, 철학을 읽어내고 이것을
　　국민의 민심과 연결시켜 말씀자료를 만드는 것이다.

Q 어떻게 민심을 읽으려 했나?
A 우선 새벽마다 주요 일간지들을 모두 읽었다. 또한 김대중 정
　　부의 경우에는 사회 각계각층의 민심을 들을 수 있는 자문위
　　원회가 구성돼 정기적으로 다양한 목소리를 청취했다.

Q 연설문 작성 과정에 대해 듣고 싶다. 연설문의 초안은 어떻게 만드
　　는가?
A 우선 1차적으로는 대통령이 연설하는 행사를 맡는 각 부처에
　　서 실무적인 내용을 올린다. 여기에는 드라이(dry)한 팩트들

이 나와 있다. 이 내용을 민심을 반영해 대통령의 말로 바꿔야 한다. 여러 행정관들의 도움을 받아 연설문의 초안을 만드는 책임자가 나였다.

Q 그렇다면 초안 작성 이후에 연설문의 수정은 어떻게 이뤄지는가?

A 연설문의 초안을 올리면 김대중 전 대통령이 첨삭을 한다. 김 전 대통령의 첨삭은 무시무시하다. 과장해서 말하자면, 어떤 날은 김 전 대통령이 팩트 한두 개 빼고는 작은 글씨로 다 고친다. 그럼 내가 그걸 받고 다시 정리해서 대통령에게 올린다. 그럼 대통령께서 다시 첨삭한다. 이러한 과정의 반복이다. 그러다가 김 전 대통령은 그것조차도 마음에 안 들면 '녹음기 가져오게'라고 말한 후 구술을 시작한다. 그럼 대통령이 구술한 내용을 내가 다시 연설문에 반영한다. 이런 식으로 최종적인 연설문이 나오는 것이다.

Q 연설문을 작성할 때, 대통령이 아닌 다른 사람으로부터 압력을 받은 적이 있는가?

A 대통령은 언어를 통해 정치를 한다. 그 언어의 핵심이 바로 연설이다. 그런데 대통령의 연설에 따라 정책과 예산이 달라지기 때문에 대통령의 연설 속에 자신의 뜻을 넣고자 하는 사람들이 있다. 하지만 연설비서관은 이런 사람들을 무시하고 초안

을 만들 책임이 있다. 김 전 대통령 또한 연설비서관의 독립성을 철저히 보장해 줬다. 하루는 김 전 대통령이 '고 비서관, 요즘 연설이 좋아요'라고 나에게 칭찬을 하셨다. 그리고 이후 김 전 대통령은 만나는 사람들마다 나에 대한 칭찬을 하셨다. 그 이후로는 정말 그 누구의 간섭도 없이 글을 쓸 수 있었다.

Q 대통령의 연설비서관을 맡았던 사람으로서, 대통령의 연설문은 어떠한 의미를 갖는다고 생각하나?

A 대통령의 연설은 그 시대의 정신이다. 그 시대에 국가가 나아가는 비전의 불꽃과도 같다. 대통령의 연설문에서 점화가 시작되는 것이다. 그렇기에 대통령의 연설문은 사람을 움직이고 역사를 바꿔야 한다. 도도히 흘러가는 역사의 추진력을 높이거나 방향을 바꾸는 데 동원되는 것이 바로 연설문이다. 지엄한 것이다. 엄청난 것이다. 이 의미를 놓치면 국가의 비전을 잃는 것이다.

대통령 연설문에 대한 그의 열변은 자연스레 박근혜 대통령 연설문 유출이라는 작금의 사태를 떠올리게 했다. 지난 15년 간 현실정치에 대한 발언을 아껴왔던 그이지만, 박근혜 대통령 연설문 유출과 관련한 기자의 질문에 침착하지만 강한 어조로 답변을 이어나갔다.

Q 박근혜-최순실 게이트로 온 나라가 시끄럽다. 특히 최순실 씨가 박 대통령의 연설문을 수시로 사전에 열람하고 수정했다는 사실은 국민적 공분을 자아냈다. 이번 사태에 대해서 어떻게 생각하는가?

A 국민적 자존감이 무너졌다. 상상할 수 없는 일이 벌어졌다. 대통령의 연설문을 썼던 사람으로서 이런 비상식은 상상조차 하지 못했다.

Q 김대중 정부 시절, 사인(私人)에게 대통령의 연설문이 사전에 유출된 적이 있는가?

A 전혀 없었다. 그건 상식적인 것이다. 대통령의 연설은 국가지도자의 연설이기도 하지만 시스템의 핵심이기도 하다. 대통령 연설문의 생산, 관리, 유포는 다 시스템의 영역이다. 이러한 대통령 연설문이 사전에 유출된 것은 국가적 시스템이 무너진 것이다. 보통 일이 아니다.

대통령의 언어는 자신이 과거에 썼던 언어들이 자신의 내면에서 숙성돼 나오는 것이다. 과거에 썼던 언어의 저장고가 취약한 사람은 그 언어의 저장고를 채우는 일을 남에게 의존할 수밖에 없다. 그렇게 된다면 대통령의 언어는 자신의 언어가 아닌 것이다.

글이 헛도는 시대다. 미사여구는 넘쳐나지만 세상의 가슴을 두드리는 글은 찾아보기 어렵다. 때로는 글은 의심과 경멸의 눈초리까지 받고는 한다. 하지만 고도원 작가는 글의 힘을 믿는다. 그에게 글은 곧 업(業)이고 생(生)이다. 가난한 집의 지붕에서 새는 비를 치우던 어머니의 모습을 글로 담아냈던 초등학교 5학년 때부터 그는 이미 글쟁이였다. 의협심 넘치던 청년 시절에는 세상을 향해 펜을 겨눴고, 한때는 시대의 정신인 대통령의 연설문을 적어 내려갔다.

그리고 벌써 15년째 매일 아침 그는 360만 명의 사람들에게 편지를 쓴다. 〈고도원의 아침편지〉가 바로 그것이다. 이메일이나 SNS를 통해 전해지는 이 편지는 많은 이들에게 위안과 응원의 메시지가 돼 글의 힘을 보여주고 있다.

— 《연세춘추》, 김지성 기자

절대고독

초판 1쇄 2017년 1월 10일
초판 5쇄 2019년 1월 30일

지은이 | 고도원
펴낸이 | 송영석

주간 | 이진숙 · 이혜진
기획편집 | 박신애 · 정다움 · 김단비 · 심슬기
디자인 | 박윤정 · 김현철
마케팅 | 이종우 · 김유종 · 한승민
관리 | 송우석 · 황규성 · 전지연 · 채경민

펴낸곳 | (株)해냄출판사
등록번호 | 제10-229호
등록일자 | 1988년 5월 11일(설립일자 | 1983년 6월 24일)

04042 서울시 마포구 잔다리로 30 해냄빌딩 5 · 6층
대표전화 | 326-1600 **팩스** | 326-1624
홈페이지 | www.hainaim.com

ISBN 978-89-6574-384-2

파본은 본사나 구입하신 서점에서 교환하여 드립니다.

이 도서의 국립중앙도서관 출판예정도서목록(CIP)은 서지정보유통지원시스템 홈페이지(http://seoji.nl.go.kr)와 국가자료공동목록시스템(http://www.nl.go.kr/kolisnet)에서 이용하실 수 있습니다.(CIP제어번호: CIP2016031572)

 꿈꾸는 책방(꿈책)은 (주)해냄출판사와 아침편지 문화재단이 함께 만들어가는 출판 브랜드입니다.